U0658630

聚斯金德作品集

论爱与死亡

Über Liebe und Tod

［德］

帕特里克·聚斯金德

——

著

沈锡良

——

译

上海译文出版社

Über Liebe und Tod

若没有人问我，我倒还清楚，若有人问我，我想要说明，就浑然不解了。

——奥古斯丁《忏悔录》[1]

1 见古罗马神学家圣奥古斯丁（Angustinus，354—430）《忏悔录》第11卷第14节，为圣奥古斯丁对时间的论述。

圣奥古斯丁对于时间的论述，同样适用于爱情。我们对它想得越少，就越觉得它自然，可只要开始对它苦思冥想，那我们就陷入一片混沌。这种奇特的真相由这样一种事实加以证实，即从文化史伊始，人作为艺术家，以及自俄耳甫斯时代开始，人作为诗人，很少有比爱情更让他们坚持不懈研究的东西了。因为确实众所周知的是，诗人不是写他已知的东西，而是写他有所不知的，且是基于某些他们虽然不知道，却务必要知道得一清二楚的原因。这种"不知道"，这种"我不知道这是何意思"，就是让他们挥洒笔墨、奋笔疾书或弹琴吟唱的最初动力。（愤怒、悲伤、激情、金钱等完全是次要的东西。）倘非如此，那世上就不会有诗歌、小说和戏剧，而只有那些官方公告了。

谜一样的东西似乎脱离不了爱情，人们不可能完全清楚地认识这种东西，只能对它做些不够充分的解释。这自然也适用于宇宙大爆炸的话题，或者两星期后的天气会怎样的问题。然而，宇宙大爆炸理论和天气预报让诗人及其听众兴奋的程度要远低于和爱情相关的一切。因此，爱情想必包含了比那种不可思议的东西还要更为丰富的内涵。它显然被每个人理解为一件涉及他本人的最至关重要的事情，以至于在找对象

的时候，对于宇宙起源的问题，即便是天体物理学家也不大会感兴趣——遑论天气这件事了。

但同样的问题就不适用于呼吸、进食、消化和排泄了吗？小时候我就常常问自己，为什么小说中的人物就从不去上厕所呢？童话里，歌剧里也没有，戏剧、电影和造型艺术里也没有。最为重要的，偶尔最为急迫的，生活中确实最为必需的活动之一，却并没有出现在艺术中。相反，它一如既往地、不厌其详地关注爱的欲望、爱的痛苦以及爱情的所有初始和变体，正如我当时相信的那样，人们完全可以放弃爱情。为什么人类历史上从未有过一种粪便崇拜，却有对乳房、阴道以及阴茎的崇拜呢？这种想法虽然幼稚可笑，却并非完全荒谬绝伦。在柏拉图的《会饮篇》中，厄律克西马库医生认为，爱神厄洛斯的作用在肉体正确的进食与排泄和两个人心灵爱慕的方面有着同样的体现。但在不胜其烦地论述爱情本质的七个豪饮者中，厄律克西马库是最单纯的演讲者。作为自然科学家，爱神对他而言无异于一种保持和谐的基本原则，仿佛是一种将秩序带入世界的物理常数，而且是在所能想得到的一切领域，从农业到潮汐涨落，从音乐到打嗝。今天，像他这样的一个人或许会将爱情定义为酶、荷尔蒙或者氨基酸产生作用的无数现象中的一个。这一点在我们看来平淡无奇。很少令人振奋。也很少得到澄清。因为做出定义并不表示得出普遍结论，而是恰恰相反，是划清界限，是和普遍性区分开来。当我们想谈论我们至少自以为知道有着某些与众不同之处的爱情的时候，即便有人向我们解释说，他们描述的是一种普遍性的基本原则，潮汐和消化器官同样服从于这种基本原则，这对我们也很少有用。他也完全可以告诉我们，死亡是一种热力学现象，变形虫和飞马星座上的一个黑洞都和它有关——而我们依然对此一无所知。

那么真有可能，爱情也具有其物理和化学的方面，具有其机械和植物的方面——司汤达将它称为结晶作用，在其他地方则被称为狂热；在柏拉图的《斐德罗篇》中，苏格拉底说热恋是一种沉醉，一种疾病，一种疯狂。可又不是糟糕的沉醉，他补充道，而是世上所有的最棒的沉醉；而且不是有害的疾病，也不是一个人病理学意义上的幻想，而是一种受神灵启示又渴望归入神灵的躁狂，一种神圣的疯狂，它赋予在尘世中密切相连的灵魂以颤动。爱神本身虽然不是上帝，既不好也不坏，既不漂亮也不丑陋，而是一种不可抗拒的强力，人和神之间的中间人，一个把渴望灌输给缺乏的人的催促者：对美丽和善良的事物、幸福、完美的渴望——这些统统是神圣的标志，恋爱的人在恋人身上看得到这种标志的痕迹——最终甚至是不朽。爱神是那种"在美丽的事物中孕育和诞生的迫切的爱"，狄奥提玛如是说，在《会饮篇》中苏格拉底称其为最智慧的女人。而这种"孕育和诞生"，想必也有肉体和兽性的一面，但更多的还是精神的、教育的、艺术的、政治的、哲学的，简而言之，我们命名为创造性的东西，就是人对于不朽的分享，因为它超越了死亡而发生作用，而存在下去。"……在美丽的事物中"，这并非一句无足轻重的定语，"在美丽的事物中孕育和诞生"，就是在渴望那些恰恰是我们作为人所缺乏的神圣的特质。

这是一个难以尽释的论题，而其馨香在过去的两千五百年里并没有消失。从低劣伤感的流行歌曲到贝多芬的《菲德里奥》和莫扎特的《魔笛》，从低俗小说到克莱斯特[1]的《安菲特律翁》，写作和歌唱的一切都在试图表达这样的信念：爱是崇高的、神圣的、救赎的东西，而在其中被歌唱和描述的那些习语，直至今日依然具有宗教般的力量。只要它足以使之和粪便

---

1 Heinrich von Kleist（1770—1811），德国杰出的戏剧家和小说家，其创作风格对后世德语作家影响很深。其中篇小说《智利大地震》《O侯爵夫人》至今仍拥有众多读者。

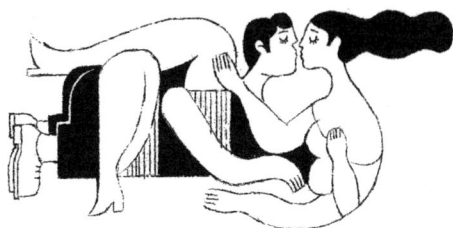

区分开来，那就行了。

三个例子

　　前不久，我驾车在城里的路上。在一个十字路口，众所周知，那里的绿灯时间非常短，我不得不稍等片刻。路上排着四五列车队，每隔几分钟才向前挪动几步，而我身处其中一列车队中。在我的左右首，司机们点上香烟抽起来，打开了收音机，往报纸上瞄上一眼，或者，如果是女性的话，给自己补补妆。只要稍稍遇上一些交通堵塞，人们往往会做些这样的事。

不过，排在我前面的是一辆奶咖棕色的欧宝欧米茄巨型车，看上去有点老气，行李厢盖上贴着写有傻里傻气内容的标签（"上来吧，我需要钞票"，"你是色鬼真棒"），车里的一对年轻情侣，却在以另外一种方式消磨等候时间：两人一刻不停地交头接耳，用着迷的微笑彼此凝视、说话、爱抚、亲吻和舌吻。只有片刻工夫，他们俩彼此转过身来，似是受到惊吓一般，从各自的侧窗中整了整突然变得无神的目光，好在两秒钟之后（好像好几个月未曾见过似的）他们又动作迅猛地扑到对方身上，宛若在注视奇迹那样，重新目不转睛地凝视和亲吻对方。她坐在驾驶座上，小鸟依人的那种姑娘，身材俊俏，脖颈柔软，朗声大笑时茂密而蓬松的头发颤动不止，小颗牙齿闪闪发光，一双眼睛活灵活现。他却在副驾驶座上，更多的是懒洋洋地躺着而不是坐着，右脚悬在窗外，左臂搂住她的肩膀，像个大老爷似的，是一个让人真的不想和他有任何瓜葛的家伙。一个令人厌恶的形象，每一个动作都很粗野，脖颈粗大，头发被剃光了，左耳上挂着银圈，皮肤上有丘疹，长着扁平的鼻子，嘴巴始终半张着，甚至连接吻时也不拿掉口香糖。任何一个客观的观察者都只能认为，那个可爱的小姑娘真的配得上比这个可怕的无赖更好的男人。

她本人似乎完全持有另外的看法。她仅仅稍稍中断了调情，好在接下来的绿灯期间往前挪动到红绿灯那里。然后她又将注意力完全集中到他的身上，重新

开始雌鸽和雄鸽的游戏，贴近他，好跟他接吻，被他
轻轻地触摸。更为糟糕的是：她握住他的右手，将他
粗笨的手指一个个塞进她那一副完美无瑕的牙中啃舔，
他则将他粗大的左手伸进她漂亮的棕色头发之中，肆
意抚弄，想必也在按压，直至——天知道是顺从他的
压力还是她自己的欲望——她的头倒了下去，从我的
视野里消失了，从侧面向下投入他的怀里，她在那里
继续忙碌着，而这个无赖头向后一甩，然后滑稽可笑
地晃荡悬挂在窗外的那条腿做出回应，他的这只脚上
穿着一只脏兮兮的体操鞋。

　　这时，绿灯又亮了，我后面的车开始按喇叭。终
于，那个小姑娘露面了，头发蓬乱，脸上洋溢着春光，
在自己的座位上坐正，而因为有人多次按喇叭，他转

过身来，向我投来他那极不严肃的面孔，嘴里还咀嚼着口香糖（可我根本没有按喇叭），他的那张面孔做出了一副冷笑的怪相，然后做了个世上最猥亵的手势，而就在刚才，他的手指还在抚弄她那漂亮的头发。她踩下油门，恰恰就在交通灯转成红灯、强迫我和其余车辆停下之前，随着轮子发出刺耳的咯吱声，他们那辆车一溜烟地疾驰而去。

"丈夫和妻子或者妻子和丈夫可以触及神灵。"《魔笛》里曾有言。帕米娜和帕帕吉诺唱出了赞美爱情的颂歌。在歌剧的最后，因为有了爱神，帕米娜和她的恋人一起抵达智慧的神殿；帕帕吉诺的雄心壮志更为脚踏实地，除了从他亲爱的帕帕吉娜那里得到肉体上的愉悦之外，他还希望稍稍得到一些"陪伴的乐趣"，可他毕竟还要借由一群小孩子分享神圣的幸福和不朽。两者都既美且善，又完全符合柏拉图的理念。可又如何呢——我如此自问，当我在红灯前等待，目送从十字路口飞驰而去的那对情侣——爱神可又如何设法催促这两者在美丽的事物中孕育和诞生呢？

嗯，我思忖道，他们还年轻，乳臭未干，不到二十，因此才愚蠢到迷恋情欲。反正他就是愚不可及了。不过她这个可爱的小姑娘，也很笨，很遗憾，这样的事偶尔也会发生在可爱的小姑娘身上。根据柏拉图的理念，愚者们并不追求美丽和善良的事物以及神圣的喜悦，因为他们洋洋自得。而智者们也不追求这些东西，因为他们确实已经拥有了这一切。唯有那些身处中间的人，位居愚者和智者之间的人，也就是我和你以及所有其他的人，那些在这片拥堵中耐心地等待下一个绿灯的人，最易接受爱神之箭。而且刚才发生在奶咖棕色欧宝欧米茄车里的事，完全无关乎爱情或哪怕是和其关系最遥远的事，而是令人生厌的无谓小事。——

数日后，我受邀参加一个中产阶级家庭的盛大晚宴。每逢这样的场合，大多会有一位贵宾，人们为了他才赴约，并得以有幸和他相识，这种机会如此美好、可人，值得称赞。这一次的贵宾是一对新婚夫妇：她是一位著名的艺术赞助商，年逾七十，一头金发，身材丰腴；他年方五十出头，是一位罗马尼亚编舞师，曾经享有国际声誉的舞蹈家，头发乌黑，腰杆笔挺。人们早已在报纸的娱乐版上读到过两人的故事，带着讥讽挖苦的语调，首要提及的是她的金钱和他的职业生涯，以及她有五个前夫，他有三个前妻，他们年龄相差十七岁，等等。可谁若是有机会看到他们的真身，瞬间就会确信，在这一对非同寻常的夫妻关系中，社会或经济考量无疑不起任何作用，而爱神一定扮演着举足轻重的角色。整个晚上，他们不仅一刻不停地盯着对方，也不让对方从彼此手中挣开。他们俩仿佛两只幼猴般难舍难分，像菲勒蒙和包喀斯那样彼此永不分离[1]。他们并不和其他客人握手以示问候，因为他们

---

1 菲勒蒙和包喀斯是古罗马诗人奥维德著作《变形记》中的一对老夫妇。老夫妇虽一贫如洗，但天性乐观，天神因感念老夫妇盛情款待，遂指派夫妇俩看护天神神庙，他俩去世后变成了橡树和菩提树，两棵大树双干并生，并排守卫在神殿前。——参见《变形记》（古罗马奥维德著，杨周翰译，人民文学出版社2008年1月版，170—172页）

彼此握紧了双手。他们一起坐在走廊里的一张藤椅上喝开胃酒，共用一只杯子喝橙汁，然后啃着同一块撒有盐粒的棒状糕点。你不可能和他们中的一位说话，因为他们只和彼此说话，更确切地说是窃窃私语，那是一种局外人难以理解的爱情语言，其间混杂着法语、西班牙语和德语。当人们入席时，烦躁不安马上侵袭了他们，他们激动地奔到女主人那里，请求调换座位，可坐席的安排本来就是要将所有邀请的夫妇都分隔开。人们满足他们的请求，让他们俩并排坐在一起。他们将椅子靠拢得如此之近，以至于他们就像坐在一张小长凳上吃饭似的，她用右手，他用左手，因为他们各自需要另一只手，好触摸和握住彼此的手。当他们迫不得已分开一会儿工夫而不得不转向盘子的时候，他们的眼神显得很忧伤：两只分开的盘子，每个人不得不独自吃上一点儿，其实他们更愿意从一只小盘子里一起吃——如果真要吃的话，因为他们吃得非常之少。在他们看来，吃饭显然是折磨人的浪费时间和纯属多余的消遣，阻止了他俩互相注视对方的眼睛，看厌另一个人的外表。他们还没等到餐后点心上来，就请求叫来出租车，立即站起来，对着同桌就餐的客人匆匆点了点头以示笼统的问候，然后相依相偎地飘然而去，给留下来的客人一个不知所措的印象，恐怕也留给他们轻松释然的感觉。

这是真正的爱情吗？类似沉醉的东西，毋庸置疑。一种幻想，千真万确。但这是最为贵重的沉醉吗？一种受神灵启示并归入神灵的疯狂吗？要相信这一点并不容易。——

　　一九五〇年夏天，一位七十五岁的先生在妻子和大女儿的陪同下在苏黎世的多尔德大酒店住了三周。他已结婚四十五载，是六个孩子的父亲，也是一个举世闻名的作家。数日前他的生日庆典在此举行，其场面浩大，宾客云集，引来民众侧目。他要发表讲话，撰写文章，完成一篇出色的通讯报道，结束一部长篇小说的写作，接待客人，接受访谈。世界政治形势令他忧心忡忡，愈演愈烈的朝鲜战争，美国国内愈加艰难的现状，而他正是在美国过着流亡生活；他的太太必须经受一次并非毫无危险的手术，女儿在服用吗啡以治疗胆痛，他本人则持续受到鸡毛蒜皮的疾患折磨，从中耳炎到失眠症，简而言之：此人有着成堆的问题和苦恼，心里无疑被所有其他的事情占满了，而不是在这个年龄还想着放荡的出轨行为。

然而，一天下午他去喝茶，在酒店的花园里，为他服务的是一名年方十九的临时男招待。小伙子留着一头棕色鬈发，长着一双棕色眼睛，双手细嫩，脖颈粗大，有一张"从侧面看不值得歌颂"的脸蛋，可从正面看却赢得了他的"无限好感"。这位男孩名叫弗朗茨，出身于泰根湖畔[1]的酒店主家庭，在多德尔大酒店接受基础培训，四十年后将在纽约结束其作为负责盛大宴会领班的职业生涯。他做梦都没有料到，他的外

1　泰根湖位于德国慕尼黑以南约50公里的地方，为旅游度假胜地，被列入风景保护范围。

表、他的目光以及他带着巴伐利亚口音的"轻柔和缓"
的声音给这位老作家带来了多大的震动。作家被征服
了。"那就再来点儿这个吧,"他在日记里写道,"再
来一次爱吧,被一个人感动,死心塌地地追求他——
二十五年来它从未出现过,现在应该再一次降临在我
身上。"他突然觉得自己的世界性声誉不名一文,对患
病妻子的担忧退居次要地位,世界政治和朝鲜战争变
得无足轻重。相反,对他而言至关重要的成了就餐时
是那位意大利服务生还是弗朗茨端来了番茄汤。那是
一个幸福的瞬间,如果他能和他交谈几句,如果他抽
烟时后者给他递上火,或者他能偷偷塞给他五块钱小
费,"因为昨天他服务体贴周到",并为此收获了一个
和颜悦色的微笑。两人之间并没有发生更多的插曲,

可是从早到晚，甚至在梦里，作家的思绪都围绕这个"可人儿"打转，他也将他称为——完全按照柏拉图的意思——"兴奋剂"或"诱惑者"。他在午夜时分醒来，正如他既自豪又羞耻地记下的那样，感到自己变得"无所不能，又像是得到了释放和解脱"。他变得愈来愈烦躁不安，愈来愈心不在焉，无心工作，睡眠比平时更差，必须服用缬草滴剂，阅读阿多诺的著作"作为镇静剂"，可一切都无济于事，因为在他看来一切"浸透和蒙上了因惦念那个唤醒了我爱欲的人而悲伤的阴影：悲痛，爱情，烦躁不安的期待，随时出现的神思恍惚、丢三落四和痛苦不堪"。

其间，他的夫人已痊愈，他们一行离开了多德尔大酒店，以便在恩加丁还能休养几周。可是爱神的芒刺已经刺入内心，老人无法忘怀这位年轻的服务生。那种围绕他周身的痛苦"愈演愈烈，变成了对我的人生和我的爱情的普遍哀悼"，他在日记上如此写道，"几乎想要死去，因为我再也无法忍受对这个神圣的男孩的渴望。"他从宾馆房间的窗口好奇地打量其他年轻人，尤其是一名网球运动员，他惊叹于此人"赫耳墨斯[1]的大腿"，试图以此分散自己的注意力——可于事无补。他绝望地等待着服务生弗朗茨的一封信。他找了个借口给他写了封信，声称在职业生涯上或许可以助其一臂之力，并留下了自己的地址。当回信最终抵达时——那是一封致谢信，怀着最大的谦卑和拘谨，

---

1 希腊神话中的奥林匹斯十二主神之一，主要为众神的使者，也被视为商业之神、旅者之神、雄辩之神。

夹杂着"一些语法小错误",并以一句就陈词滥调而言难以超越的话达到高潮——"您能想到我,我真是深感荣幸"。这位举世闻名的作家,位居最伟大的德语文体学家之列,被深深地感动,并为此感到幸福。这封信给他带来了"持续不断的快乐",就像一件圣人遗物那样,他将它小心珍藏,尤其是"我真是深感荣幸……"这句话使他迷恋,数月之后,当他早已重新回到美国,依然让他感到愉悦,直至生命的尽头,他始终无法忘记这位并非刻意而且毫无疑心地给他写信的男孩。"他被收入了画廊。"他在日记上写道,他想说的是:进了他想象中的先哲祠,隐于其间的还有另外四个少年,他一生中经历的主要的爱的体验都要归功于他们,他以这样或那样的方式用他的作品为他们所有的人竖起了一座纪念碑。

这位服务生也得到了这样一座纪念碑，或者更确切地说：他成了作家遗作的艺术兴奋剂。反正直至作家临终，他成了他的性兴奋剂。一年后，老人满怀忧伤地发现，他不再有能力进行正常的手淫，他的性能力因此寿终正寝。他又一次梦见了自己的爱人，在梦里和他吻别，而在现实生活中想必他从来不敢给予这样的亲吻，也从未得到过这样的亲吻。——

以上三个爱情和热恋的例子，以相当不同的方式说明了柏拉图的分析。恐怕他肯定已经将驾驶欧宝欧米茄车的那对年轻人的行为归入动物性的范畴，它的崇拜场所充其量是青楼，却永远不可能是阿佛洛狄忒[1]神庙。在受邀参加晚宴的那对奇特的情侣身上，令人担心的或许是爱神完全堕入幻想之中不能自拔。然而，作家对这位服务生的爱情从多个角度满足了爱神是什么的标准。爱情是如痴如醉的，它在爱人的美丽中看见——并且命名——神圣的东西，它一直以来（*à la longue*）渴望成为有创造力的东西，它寻找并且找到了不朽，也就是在作家的作品里。然而，我们有种感觉：这样长此以往也确实不行。假如我们思考浮现在我们脑海里的"爱情"这个概念——虽然它一如既往的含糊不清，难以解释——会发现这里缺少的是一些本质性的东西。这与同性恋的情况无关——若是作

---

1 古希腊神话中的爱与美之女神，奥林匹斯十二主神之一。

家做出另外一种优先选择，弗朗茨完全可能和弗朗西丝卡[1]一样好（对老年歌德而言那个人则是乌尔丽克[2]）。不，这是爱情彻头彻尾的单边行动，完全是作家有意识的放弃，哪怕只是做一下尝试，将它变成相互之间的爱情。因为他知道得很清楚，它马上——不论这种尝试成功与否——就会被证明是鸡毛蒜皮的小事，被证明是毫无意义的虚无（弗朗茨恰恰不是阿尔西比亚德斯[3]），而且更为重要的是，对他本人和他的作品恐怕会变得毫无用处，而那是他真正并且唯一牵挂的东西。尽管老人因为在现实生活中无法实现自己的爱情

---

1 Franziska，Franz（弗朗茨）对应的女性名字。
2 歌德晚年经常到玛丽恩巴德旅行和疗养，因此爱上了房东太太的女儿乌尔丽克，并为此写下了晚年最著名的爱情诗篇《玛丽恩巴德悲歌》。
3 Alkibiades（公元前450—公元前404），雅典杰出的政治家、演说家和将军。

而遭受折磨，但他还是斩钉截铁地决定利用它，以自恋的方式，以升华的方式，以至于不禁让人怀疑，他这辈子之所以听命于爱神的诱惑，只是因为对这些诱惑绝望的拒绝可以鼓舞他真正的激情。我们当然绝不会苛责这样一个作家，因为我们必须将最让我们感动的东西归功于他，在涉及爱神主题的德国散文中无人能出其右。不过，正如一个人未必最能从一个魔术师那里学到如何捕获一只小白兔一样，尽管他懂得将它展示到极致，一个人也同样不必非得从诗人和服务生的故事里才能学到爱情是什么。

然而，我们也可以从他们身上看出来另外一个例子，恰如可以从其他两个例子中看出来一样：那份恰如其分的愚蠢会在热恋和爱情中显现出来。就这点而言，我推荐阅读自己写的时间间隔二三十年的情书。面对一堆有据可查的杂乱的愚蠢、高傲、自大以及盲目，一丝羞涩掠过一个人的心田：内容平淡无奇，风格令人尴尬。令人难以理解的是，一个区区庸常之流却曾经有能力觉察、想起并写下这一类的胡说八道。当然，一个友好的人也可能称它为幼稚可笑、令人同情甚至是动人的。不过，要说人因为爱而暂时变得愚笨，倒似乎更为合适。众所周知，和热恋中的人在一起时，开展理性讨论是不可能的，完全不可能对他所爱的对象进行讨论。最善意的警告、不容反驳的论据、明显真实的意见，对一个大大的"但是"都起不到作用："但是我爱她（他）！"或者更为糟糕的是，它们被视为受到妒忌鼓舞的敌视行为，并将受到相应的报复。因此，多年的友情和久经考验的关系毁于一旦并不鲜见。恋爱中的人觉得无所谓。他准备舍弃一切，除了崇拜心爱的女人之外，他周遭的一切也必须尽可能屈从于她们。对一个看着恋人的恋爱者的目光投去一瞥就足以发觉：这种目光很空洞，正如人们有理由说的那样，他是沉溺其中了。凡是曾经存在他身上的幽默、智慧、警觉、好奇以及谨慎，统统不见了。依然保留着的——就像一个相信自己看得到神灵的被神化者的目光——是彻头彻尾的愚蠢表情。顺便说一句，这种因爱变傻的现象，绝不仅限于具有性色彩的那种。我们同样常常从父母对缺乏教养的孩子盲目的爱中，从修女对远在天堂里的上帝的心灵之爱中找到这一点——更别谈臣民对祖国或者对敬爱的元首的顶礼膜拜之爱。和付出这种爱相伴随的，始终是失去理智、自暴自弃以及由此产生的未成年状态。这个结果在毫无危险的情况下是可笑的，在最恶劣的情况下则是世界政治的灾难。

假如爱是相互的，我们这里姑且谈论的是一对热恋中的情侣，尽管对于更亲近的周边环境和更遥远的外部世界而言，引出的结果并不充满危险，因为这对恋人的关系本身远没有受到影响，但从人性和伦理的角度看却完全是令人痛惜的。也就是说，相爱中的情侣往往容易陷入集体孤独症（参见一起晚餐时的那对情侣）或者集体狂妄自大症（参见汽车里的那对年轻情侣）。在这两种情况中，世界失去了他们，仿佛他们在对彼此的沉思和知足中忘记了周围的一切，仿佛他们在兴高采烈地享受无与伦比的成双成对中蔑视着这个世界，将其他没有被爱神神圣的疯狂感动到的人仅仅视为傻瓜，可以对他们满怀鄙视地指指点点。

所有这一切奇怪而混乱，因为爱被视为人所能给予而且也是可能遇见的最妙不可言的东西，因为据说爱可以使人成为最伟大和最高贵的人。这一疑难问题如何破解？使我们变得愚昧无知并且可能变得野蛮粗野的东西，如何可以被视为和被称为最高的幸福？爱终究只是一种病，而且不是最美丽却是最可怕的病吗？或者它是毒药，而其剂量则决定它起到的效果是深受神益还是引发一场灾难？救命，苏格拉底，救命！

苏格拉底说，人的灵魂并非统一的整体，它被划

分成三部分，他将它比之为一辆马车，我们可以将它想象成一辆古战车，由两匹马和一名车夫组成。在一条路上驾驭这样的车辆本身就是一项绝技。可是，正如心灵的车辆那样，假若唯有一匹马天性高贵，聪明好学，百依百顺，而另外一匹马却愚笨、放肆而又难以管教，那么它就成了一场鲁莽至极的冒险活动。假如现在更有爱神涉足其间，也就是说由这三部分组成的灵魂开始去爱并且看到了恋人，那么这辆失衡的马车将完全处于失控状态。这匹劣马就像一个蛮汉一样横冲直撞，得用鞭子抽打，用武力控制住它才行，持续不断地，一如既往地，直至它的腹部感到疼痛，它的嘴巴鲜血淋漓，终于甘愿受辱地顺从马夫的意志，然后也和那匹乖巧的驽马一样，胆怯而谦逊地亲近爱的人。一旦爱人对这个被诱惑和被俘虏者萌生怜悯之心，便会任凭触摸和亲吻，最后一同跌倒在马厩里。直到这时，苏格拉底说道，而柏拉图如此写道："在它们共同的马厩里，情人灵魂中的那匹放纵不羁的劣马对马夫说话了，说是自己下了多么大的功夫，强烈要求让它小小地享受一下。"

此外，根据柏拉图的说法，灵魂是不朽的。而且是任何一种灵魂。即便遇到车夫懦弱不堪，而劣迹斑斑的害群之马占据上风的情况，其灵魂也同样不朽。爱神自然不会给它飞翔的翅膀，正如同样不会给那些自信可以放弃爱神的其他灵魂。为了忏悔一千年，他们死后统统来到阴间的土牢里。可对于其他灵魂——我们认为这样的灵魂并不会很多——拥有这种灵魂的车夫足以强大和谨慎到不会对这匹劣马放任自流，他们仍然没有避开爱，而是在寻找它，正视它。爱神让灵魂在死后长出翅膀，它们可以振翅高飞，在光明中飞行，向诸神居住的那个星球渐渐靠近。——

一个绝妙的比喻。可这样一个比喻，完全出乎意料的是，它也将我们从爱的主题带到了死亡的主题。

死亡是一个主题吗？难道死亡不是地地道道的非主题吗？论及爱情有多生机勃勃，谈及死亡就有多死气沉沉。它让我们说不出话来。不错，以前，在美好的旧时代和远古时代，我们听说这应该是另外一码事了，它显得更健谈、更和气，属于社会，属于家庭，人们没有回避和它的约定，尽管不是好朋友，可还是相对熟悉。这在最近两百年里发生了翻天覆地的变化。死亡变得沉默寡言了，它要求沉默，我们乐意讨它欢心而保持沉默，是的，我们让它沉默到死。而且并非是由于我们对它一无所知——不言而喻，这是免开金口的最无足轻重的理由——不，之所以如此，只是因为死亡是永远的否定者，是令人败兴者，是真正的悲观论者，而时至今日我们再也不想和这种人打交道。

可是，这又如何可能，这个令人不快的蒙昧主义者竟然和这个恐怕是疯了的，更确切地说却是倾心于快乐和欲望的爱神相结合，而且不仅是作为对立者——否则至少从逻辑上还能理解——而是作为同伴？同样，这又如何可能，对这种结合提出的倡议不是由死神塔纳托斯（这个笨人太过懒惰和自负），而是由爱神自己，这个据说位居任何创造性冲动之首的"诱惑者"和"兴奋剂"发起的？

在奥斯卡·王尔德的作品中，美女公主莎乐美爱上了一位笃信宗教的狂热分子，他因为胆小如鼠，连看她一眼都不敢，却足以盲目和勇敢到哪怕以死作赌注，也定要拒绝她；她因此诱使他人砍下了他的头颅，她幸福地亲吻他滴血的嘴唇，并且让我们知道，爱情的神秘要更甚于死亡的神秘。"那么，谁是莎乐美呢？"人们或许会提出反对意见，"一个十二岁或者十四岁的娇纵的小孩，她对爱情懂得很少，对死亡则全然不知。"然而，我们提及的这位老作家，他深谙此两者之道，又是聪明绝顶之人，却是如此亲近爱情和死亡，不仅在他的作品中，在他的生活中也如是。在深陷热恋之中时，他提及——我们已经引述过这句话——自己"几乎想要死去"。"好自为之吧，可爱的人儿……！"他在日记中写道，"我还想活些时候，还想做点什么之后死去。你也会在自己未来的道路上成熟起来，然后突然老去。哦，不可思议的人生啊，在爱情中才得到赞许的回答。"可它不仅仅发生了，正如此处一样，在告别的瞬间，在放弃的瞬间，在失恋痛苦的瞬间，死神和爱神结伴而行，而且也正如司汤达所说的那样——尽管其个性狂热而混乱，人们也必须承认他是这方面的专家——因为爱情，人们往往对死亡变得漠不关心。"真正的爱情，"他如是写道，"往往轻而易举地而且毫无惧意地勾起死亡的念头；它成了

对比的简单对象，成了人们必须为为数众多的事物而付出的代价。"

人们懂得这一点。人们懂得这两种行为：那种寻找死亡作为唯一可能摆脱不堪忍受的失恋痛苦的行为，以及另一种绅士般的行为，它容忍死亡是在谋求色欲目标时的必不可少的风险，尤其是在刀剑和手枪轻松出鞘的时空里。我们不希望将这两种行为视为榜样和值得仿效的，我们将前者和后者均视为一种极其令人遗憾的情欲推动力的突变，这要归因于他们狂热的性格，那种真正病态的性格，不过正如之前所说的那样，我们可以理解这一类的事情，我们可以设身处地地体谅那些因为失恋的烦恼去自杀或者为了爱情的缘故去死的人。倘非如此，我们何以在阅读《少年维特的烦恼》《安娜·卡列尼娜》《包法利夫人》或者《艾菲·布里斯特》[1]时被感动呢？然而，一旦爱神热情洋溢地拥抱死神，仿佛要和他融为一体，也就是说，如果爱情想要找到其最崇高和最高贵的特征，果真想要在死亡中找到其满足，那就会导致我们受到感应的理解力终止，我们的兴趣衰减，并让位于十足的憎恶。

这种不幸的私通开始了——正如我们从菲利浦·阿利埃斯[2]的《死亡的历史》中学到的那样——早在十六世纪初期，在造型艺术中，中世纪阴郁而禁欲

---

1 《艾菲·布里斯特》为19世纪德国杰出的批判现实主义作家冯塔纳（Theodor Fontane，1819—1898）的晚年名著。其代表作还有《迷茫与混乱》《施蒂娜》等。
2 Philippe Ariès（1914—1984），法国中世纪史、社会史名家，以对儿童史、家庭史和死亡观念史的研究享誉于世。

的死亡舞蹈（*danse macabre*）首次转化成淫荡的色情舞蹈（*danse èrotique*）。后来，这种现象显现出死亡恐怖的特征，之后——还在萨德[1]之前——显现出施虐的特征，并蔓延至文学领域。人们杜撰了被绞死者阴茎勃起的神话，那纯粹是无稽之谈；法语将极乐死亡（*petite mort*）塑造成性欲高潮的同义词，第一眼看或许独特而可爱（而且恐怕原本就有讥讽意味），可第二眼就显得绝对不合时宜。而最后，到了那个促使许多东西成熟至腐烂的十九世纪，死亡之爱和爱之死亡在心醉神迷方面达到了高潮：诺瓦利斯[2]的《夜颂》无

1　Marquis de Sade（1740—1814），其最出名的著作为《索多玛的一百二十天》，由于他的作品中有大量性虐待情节，他被认为是变态文学的创始者，施虐症一词（Sadism）即出自萨德的名字。
2　Novalis（1772—1801），德国浪漫主义诗人，抒情诗代表作有《夜颂》《圣歌》等，长篇小说有《海因里希·冯·奥弗特丁根》。

异于献给死神的轰轰烈烈的情诗，而在浪漫主义时代的另一端，波德莱尔的《恶之花》则兼具现实主义风格和巴洛克风格，散发出浓烈的性病的尸臭。阿纳托尔·法朗士[1]曾对其评价道："他的身上散发出如性药香水的腐尸味。"

尽管在最后的几封信中，克莱斯特已明确暴露其自杀倾向，但他身上又充溢着人生的快乐和性欲的亢奋。他寻找一个愿意和他一起共赴黄泉之路的女人长达数月之久。终于，他找到了一个病弱抑郁又足够蠢笨的女人，这个女人欢欣鼓舞地参与到他的自杀游戏之中，这是一名小官吏的妻子——人们可能

1　Anatole France（1844—1924），法国小说家，1921年诺贝尔文学奖得主。

难以想象，这样的一种生活是多么平庸、阴郁、冰冷，还错以为自己笃信宗教，才会让她期望从自杀中获得其存在的高潮！她给他写下了意醉情迷的小纸条，他给她写下了情书，其情深意切的德语恐无人出其右。每当早晨和夜晚，他就跪下，感谢上帝给了他一个人曾经经历过的"最为痛苦的生活"，因为"他用最美妙和最欢乐的死亡给予我报偿"。在计划自杀一周前，他给迄今一直是他情人的表妹写了一封类似致歉的信，他请求她的谅解，因为他现在找到了另一个他更爱的女人，也就是那个小官吏的妻子："假若我告诉你，我未曾把这个女友同你混淆，而她除了和我一起生活以外别无他求，这能安慰到你吗？"可万分遗憾的是，这位表妹确实多次拒绝了他提出的一起寻死的倡议，而另外一位"崇拜他的女友"二话不说就答应了，"我不能告诉你，何种难以形容的无法抗拒的力量"吸引他"投向她的怀抱"。一种从未感觉到的幸福的漩涡向他席卷而来，"我无法向你否认，"他以此结束道，"我更喜欢她的坟墓胜过世上所有皇后的温床。"他没有忘记补充一句简短的问候，说祝愿"可爱的女友"，也就是那位表妹，上帝马上也会把她召唤到"那个更美好的世界，我们所有的人，和爱的天使一起，把彼此紧紧搂在怀里。——再见"！

歌德说克莱斯特——顺便说一句，他并没有低估他的天才——始终充满着"战栗和憎恶"。有人指责歌德的评论。"不错，否则还有什么？"有人附和并且补充道，"憎恶"一词最初的意思确实不包含任何贬低的成分，而是指本能地退缩和远离自己的天性——一个易于理解的行为，尤其是，在无法排除的情况下，自己的天性并不完全接受战栗和憎恶。毋庸讳言，和克莱斯特的自杀相比，维特的自杀属于另外一个范畴。维特自杀，正如他所说的，为情人"牺牲自我"，因为他无法和她共度人生——至少他相信这一点。克莱斯特则相反，终其一生都被自杀、被共同自杀迷住了，这种行为被视为最伟大的亲密和彼此间的忠诚的表现。最后他身体力行了，因为正如人们今天的行话所说的那样，他期待从自杀中获得终极的情欲的刺激。不过维特写给绿蒂的（虚构的）绝命书和克莱斯特写给表妹和姐姐的最后几封信之间仍然有着相似性，那些信当然不完全是通告，而是最高水准的诗文。正如在其完美的计划和策划之下的整个行动一样，在其书面的记录和估算的公众影响之下的这种有点可怕的构想，确实——容我如此说吧——可被称为克莱斯特的杰作。

维特毕竟承认，他心里的"愤怒在四处出击"，如果不自杀，就要去谋杀绿蒂的丈夫阿尔贝特或者甚至是绿蒂本人，因为"我们三人中有一个人必须离开"。然而他并没有实施和她一起寻死的建议。但他怀着那种众所周知的意识死去：由于他的死亡，她永远成了他的人；只是他先她而去，他在另外一个世界等待她的到来。然后，他在给她的信中如此写道："我要飞到你面前，抓住你，面对永远的上帝，在永恒的拥抱里待在你身边。"由此走向克莱斯特式自杀式性欲的间距并不遥远。

上了年纪的歌德不喜欢被人提醒回想起诸如此类的事情。尽管《少年维特的烦恼》曾经为其声誉奠定基础，但他宣布有关此书的事情已经了结，表示那些耽于幻想、步维特后尘的年轻狂热者是傻瓜，是天性懦弱者，他们当真只配愚蠢地死去。因此，如克莱斯特这种和懦弱者风马牛不相及的一个人，会使他六神无主，也就不奇怪了；而且令人生疑的是，他马上不再仅仅对这个家伙本人，而且也对其全部作品断然否定，将它们视为毫无教养的胡闹，因为他的心里过去并且始终藏着诱惑，克莱斯特听任其摆布，还最终毫无顾忌地献身其中，这对他来说一点也不陌生。

多年以后——克莱斯特早已躺在九泉之下——歌德创作了自己最为著名的诗歌之一，一七一七年他将这首题为《尽善尽美》的诗歌发表在一本女士袖珍书中，后又将它更名为《幸福的渴望》并收录在《西东合集》里。五段四行诗，交叉押韵，一开始的两行向我们简明扼要地指出，这首诗歌并没有想到普通民众，而是仅仅想到了少数智者——之后又马上以沉闷的鼓点切入正题：

我想赞美这样的生灵，

它渴望在火焰中死去。

他使一幅画变成了隐喻，这幅画令他终身神往，这幅飞蛾的画作，它受着光明的强烈吸引，却坠入了死亡。然后将这一隐喻置于一幅舒适温馨的黑色油画中，画面强烈地暗示着色欲——

在爱情之夜的凉爽里，

它创造你，你也在创造，

陌生的感触向你袭来，

当无声的蜡烛点亮。

你不再被裹挟在

幽暗的阴影里，

而渴望重新撕扯你

去实施更崇高的交融。

路途遥远也难挡前进的脚步，

你翩然飞来，似着魔一般。

而贪恋光明的飞蛾，

你终于被火焰吞噬。

——这都是为了在最后那段诗歌里发表宏论，尽
管作者一开始有过警告，但这段诗颇受民众喜爱，连
名言录中都能找得到。

只要你还不明白

这种生死因缘，

那你只是一个忧郁的过客，

在这黑暗的尘世里。

歌德在发表某些诗作时特别克制，宁愿像私人珍宝一样藏之于抽屉内，只在想要读给选定的人时才拿出来。令人匪夷所思的是，刚才引述的诗歌可以出现在毕德迈尔风格[1]的女士日历上，某些威尼斯十四行诗、罗马悲歌、《日记》以及类似的与情欲相关的作品却不得不藏匿在抽屉里，因为它们在这方面的表现是最极端的，而且它们的作者在这方面不亚于被他痛斥为残暴的克莱斯特。毫无疑问的是，就在克莱斯特义无反顾地走在陡峭的单行道上，歌德却是为了表面上的平静，仿佛是通往可解释性的逃生通道那样，容许它们披上虔诚、变形、认识论的外衣；而在克莱斯特

1　毕德迈尔风格，指1815—1848年间德国的一种文化艺术流派，大多被贴上"平庸""保守"的标签。

欢天喜地、欣喜若狂或者歇斯底里的地方，歌德则是用铿锵有力的隽永语言和老年人淡泊明智的姿态麻醉我们，以便分散克莱斯特们孜孜以求的可怕魅力：对死亡产生的性的渴望。——

理查德·瓦格纳很少被提及。在歌剧《特里斯坦与伊索尔德》中，悦耳动听的音乐，歌词或者情节都不能用来掩饰那令人毛骨悚然的门不当户不对的婚姻。黯淡的色彩早在序曲的第一小节中就已显露端倪。在第一幕中，递上的那杯毒酒被证明是迷情酒；在第二幕中，爱情之夜变成了为"怀着渴望的爱情之死"而准备的庄严时刻，但并非像在歌德的诗中所说的"陌生的感触向你袭来，当无声的蜡烛点亮"那样静悄悄地进行，而是欢呼雀跃地、兴高采烈地、得意洋洋地——完全是克莱斯特式的，即便正如适合一部歌剧的那样，以简明原始的语言为载体。而在最后一幕中，则是事关全局的关键：就在伊索尔德热烈盼望着回到特里斯坦身边，想要给他治病并和他一起生活的时刻，特里斯坦一把撕下伤口上的膏药，踉踉跄跄地面对她，血流如注后死在了她的怀抱里。只是就这点而言稍稍刺激到她了，因为他并没有真正遵守他们的死亡约定，而是太早地离她而去，于是"她愈来愈激动地将目光紧盯着特里斯坦的尸体"，上演了音乐史上最长的高潮（约七分半钟），最后才倒在他的怀里心碎而死。

一八一一年十一月二十一日，在波茨坦附近小万湖湖岸边的一座小山上，克莱斯特别无他念，只求速死。她走了"五十步"——这是附近一家客栈的一名女招待接受警方询问时的笔录——听到第一声枪响后她又走了五十步，还思忖道："这些陌生的家伙！竟然用开枪寻开心！"结果又听到响起了第二枪。间隔肯定少于一分钟。他需要这个时间，以确信他的女同伴——人们羞于写明这位女同伴就是他的情人——已经死亡，子弹从左胸下面穿过肋骨之间直接射中了她的心脏，他或许还要安置她一番（她仰卧着，心满意足地微笑着），他要扔掉那把已经开过的手枪，再拿起另一把新手枪（为了安全起见，他随身携带了三把手枪），然后在女人的两脚之间跪下，又从那里对准自己的嘴巴开枪自尽。——

有人为了自己爱情的缘故不接受死亡，这些故事以俄耳甫斯为起始。有一些人，作为生者敢于向阴曹地府瞄上一眼或者走近一步，但他们谁也不会像俄耳甫斯那样走进黄泉之下，只为让逝去的爱人重返人间。除了这一不够成功完美的精彩表演之外，俄耳甫斯的声名也有赖于其他大量的光辉成就和业绩。他是抒情歌曲——词曲艺术的始祖，他的歌声美到极致，不仅使人，也使动物、植物，乃至了无生命的自然界与自然力醉心和平静。他独自凭借艺术的力量，至少暂时给这个反复无常、野蛮残酷的世界带来文明，使之变得礼仪有加，令人愉快。他被视为婚姻的创始者，奇怪的是他也被视为男同性恋的发起者以及魔法的发明者。对他的狂热崇拜从色雷斯传至整个希腊世界，后来又传至整个罗马世界，成了一种名副其实的宗教。直至古希腊罗马时代结束，甚至一直到中世纪早期，俄耳甫斯的声名威震四方，连基督教的早期传道者也完全别无选择，只能利用他的盛名，把对他的崇拜的一部分（就类似对善良的牧羊人的崇拜）记在耶稣的名下，并纳入他们自己的宗教之中——然而同时也强调指出，对俄耳甫斯的崇拜是一种原始的偶像崇拜，耶稣在任何方面均超越了俄耳甫斯，包括作为歌者，他的歌永远赶走了妖魔鬼怪和其他的半神半鬼，驯服了最为野蛮的动物，也就是他带向天堂去的人类本身。此外他不仅向死亡发出挑战，还真的征服了死亡，不仅是他本人，也代表整个人类——他并没有为此做什么——更别提那些随之因他重获生命的死者了，而且和俄耳甫斯不同，他获得了成功。不过请允许我们说句话，无论成功与否，《圣经》中记载的拿撒勒人耶稣让三个死人复活的事迹，在我们看来，无论从大胆程度，还是从诗意的或者神话的力量方面来看，都无法与色雷斯的俄耳甫斯那项可歌可泣的失败行动相匹敌。拉撒路事件可用作范例和证明，耶稣让死人复活的业绩在这一记叙中被描述得最为详尽，也最为出名。情况如下：

有两个女人，耶稣和她们是朋友，她们派人去请他，说是她们的弟弟拉撒路卧床不起，希望耶稣过去给他治病。耶稣做什么了？他起先没有过去。他说："这病不至于死，乃是为神的荣耀，叫神的儿子因此得荣耀。"当面对一件意外发生而又是令人不快的事时，他采取的态度（为了公平起见我们要说明：这都是根据《圣经·新约·约翰福音》[1]）和任何一个近现代的政治领袖无异：他条件反射似地试图转化这件事，使其对自己有利，并借机大肆自我炒作。至于有一个人病倒了，遭受病痛的折磨，这个无关紧要。而重要得多的则是，如何大张旗鼓地救治病人，要尽可能引发公众效应，并以此提升自己的声誉，增强自己的活动能力。耶稣以堪称残忍的极端方式做成了这事。他直等到拉撒路去世，才向他的门徒解释说，他很高兴没有在此之前到他那里去，而且正如他所说："好叫你们相信。"他这才优哉游哉地和他的追随者一起前往拉撒路的村里，到达时已迟了四日。那两个名叫马利亚和马

---

1 有关拉撒路事件，详见《圣经·新约·约翰福音》第11章。本段中的引文皆出自此章。

大的妇人当然很失望。"你若早在这里,"她们说,"我兄弟必不死。"耶稣将她们的这番话理解为对君王的亵渎,大为恼火,当着聚集在一起的哀悼者的面对她们大加训斥,说她们本不该嚎啕大哭,满怀抱怨,而是要相信他,相信他作为神的儿子是无所不能的。然后他吩咐带他到坟墓去,而在前往坟墓的路上他还不忘记做了一件触动人心的事,也就是说,耶稣当着众人的面流了眼泪,此举马上在他们那里获得了期待中的成功。"你看他爱这人是何等恳切!"人群在低声耳语。耶稣来到坟墓前,坟墓是一个洞穴,被一块石头挡着,耶稣吩咐道:"你们把石头挪开!"姐妹中有一人提出异议道,还是别挪动了吧,这人已经死了四天了,必是发臭了。耶稣对她的质疑置之不理,说她还是闭上嘴巴相信为好,他又对她训斥了一番。——抱歉,这段话引述得不够准确,这位弥赛亚救世主表达的语气稍稍做了些调整:"我不是对你说过,你若信,就必看见神的荣耀吗?"他如是说。于是他们就把石头挪开了。决定性的时刻来临了。人群屏住呼吸。只见他们先是盯着那黑魆魆的洞穴看,然后满怀期待地将目光转向耶稣,又见门徒和敌人(也有一些在场)竖起耳朵细听,然后抽出石笔,好不漏掉大师的每一句话,好记录下任何一个细节——《约翰福音》中的叙述读起来仿佛是一篇事后补写的新闻报道,让人们有种参加我们当代某个媒体轰动事件的印象,只不过少了那些电视摄像机的参与。

接下来才是耶稣的特写镜头:在开始行动之前,

他先创造了一个戏剧性的高潮——运用制造悬念的法则再一次提升了紧张气氛，同时预告他的信息，然后以几近肆无忌惮的坦率暴露了此项宣传炒作之事的目的。他将上帝称为自己的父亲，举目望天道："父啊，我感谢你，因为你已经听我！我也知道你常听我。但我说这话，是为周围站着的众人，叫他们信是你差了我来。"说完他才朝那个洞穴望了一眼，然后大声呼叫道："拉撒路出来！"[1]

于是这个可怜的家伙，手脚裹着布，脸上包着手巾，身体上散发着浓烈的腐臭味，摇摇晃晃地从坟墓里走到了明亮刺眼的光线下，站到了正目瞪口呆地盯

---

1 《圣经·新约·约翰福音》第11章第41—43节。

着他看的人群之中。"解开，"耶稣不动声色地说，"叫他走！"

正如预料之中的，这一行动取得了巨大成功。在场的绝大多数犹太人自发地加入到了耶稣的一方，其他人蜂拥而出，好将他的荣光传遍全国，还有一些则是直接上祭司长那里告他状去了。于是，出于深思熟虑的政治原因，他们决定要让他靠边站，然后杀死他，这个漫游的传教士极具煽动性，他成为他们的眼中钉已经很久。于是，拉撒路的死而复生，立即导致了拿撒勒人耶稣空前绝后的成功史上的谢幕剧：他曾预言过自己要被钉在十字架上死去，也是他故意为之，是自导自演，他那种宣传性的推力是没有任何东西阻挡得了的。——

俄耳甫斯死时的惨状同样不堪形容。从冥府回来，并且在第二次最终失去心爱的人之后，他陷入了深度抑郁之中，放弃了享乐的人生，也就是放弃了对女人的爱恋，然后，正如维吉尔[1]提及的那样，"孤独地徘徊在北方草原雪地中间，处在永远的白霜之中，悲叹欧律狄克的命运"。这更激起了色雷斯女人的愤怒，她们都是些纵情而贪婪的女人，也希望得到满足，于是最后用石头砸死了拒绝她们的年轻歌手，将他的尸首分离，卸掉他的四肢，将他的脑袋钉上他的古琴一起扔进最近的河里，顺流远去时仍在那里继续哀叹："再喊一声'欧律狄克'吧，用那口齿不清、结结巴巴的语

---

1 Publius Vergilius Maro（公元前70—公元前19），古罗马伟大的史诗诗人。作品有《牧歌》《农事诗》《埃涅阿斯纪》等。

言，/呼唤声渐渐消逝：'哦，可怜的欧律狄克！'——在四周/'欧律狄克'的呼喊声依然在波涛阵阵的河岸边回荡着。"

俄耳甫斯不是以一句程式化的"成了！[1]"（这句话彰显的是最终完成了一项拯救世界的伟大计划），而是用对唯一的爱人简简单单、满怀悲鸣的一句呼喊了结了生命。生命也以同样的悲鸣开始。耶稣被预言为救世主诞生，其一生都只是救世主，而俄耳甫斯作为哀悼者走进神话，并且载入史册。他失去了被毒蛇咬死的年轻妻子。丧妻之痛，使他做出了很可能让我们感到疯狂却恰恰也是完全可以理解的事情：他希望爱人

---

1 据《圣经·新约·约翰福音》第19章记载，耶稣被钉在十字架上之后所说的最后一句话即为"成了！"，是向世人宣告上帝的救赎大功告成了。他被钉在十字架上不是失败，乃是得胜，胜过了罪恶、魔鬼和死亡。

死而复生。并非是他对死亡的力量和宣判死亡的最终
决定权本身产生怀疑，对他而言更微不足道的则是为
了全人类而受托征服死亡或者追求永生。不，他只想
要回一个人，他心爱的欧律狄克，而且也不是要她永
生，而只是拥有一个人正常的寿命，他就可以和她一
起在尘世享受幸福的生活。正因为如此，俄耳甫斯走
进冥府，绝不能解释成是一种自杀式行为——他不是
维特，不是克莱斯特，更不是特里斯坦——而是一种
尽管冒险却是完全面向生命的行动，确实是一种绝望
地为生命而斗争的行为——顺便说一句，这是被柏拉
图在《会饮篇》中加以谴责的东西：斐德罗嘲笑俄耳
甫斯这个"软弱无能的游吟诗人"，他缺乏为爱自杀
的勇气，他更喜欢作为生者闯入冥府。仿佛这是一场

儿戏而已！因为，和耶稣不同的是，俄耳甫斯在其闻所未闻的冒险行动中无法指望诸神的帮助，尽管——正如某些人说的那样——作为阿波罗的儿子，他和奥林匹斯山之间无疑有着良好的联系。相反，他侵入冥府，从而故意违反了神圣的秩序。和他的拿撒勒人继任者一样，他也并没有从一开始就将这一行动大肆宣扬，并没有宣布要做这件事，身边并没有被门徒和百姓包围，好由此引发大众的高度关注，而是孤身独行，完全依靠自己，仅仅用他的拨弦琴、他的声音以及他满怀悲鸣的歌曲。不过他的琴声和歌声——恐怕他也知道这一点——美丽迷人，如此令人心碎，连冥府的那条看门狗都趴下了，船夫卡戎忘记了自己的神圣职责，复仇女神们都静默无声，坦塔罗斯不再感觉到自己的痛苦，西西弗斯可以将自己的活儿稍稍搁一搁，侧耳细听外面的动静，就连冥府中那一对阴沉的统治者——珀尔塞福涅和哈迪斯目睹这一位闯入者唱着歌走到他们的御座跟前时，也并非不带着某种怜悯之心。

而此刻，他做了点事——至少奥维德[1]是这么告诉我们的——我们承认这一点让他在我们的眼里显得特别值得同情：他并不提出要求，他并不坚持自己的权利，他也并没有大喊大叫："出来吧，欧律狄克！"他并不希望通过自己做的事来证明什么。他始终谦逊而明智。他提出请求并且据理力争。他在和他们谈判。

他说道，他绝不是想通过擅自闯入冥界和请求交

---

1 Publius Ovidius Naso（公元前43—公元17/18），古罗马诗人。与贺拉斯、维吉尔同为古罗马文学史上古典时代三大杰出诗人。代表作《变形记》《爱的艺术》《爱情三论》。

还欧律狄克，来对统治者无限控制死者灵魂的权力产生怀疑，"你们的手里永远掌控着生死大权"——这一点毫无争议，自然也适用于欧律狄克。只是就她的情况而言，恰恰是——由于一场厄运，一次不幸的命运的安排，负责尘世的官僚主义发生的一个错误——她的生命太过早逝，可怜的姑娘正值青春盛放，却香消玉殒。她反正早晚要踏上黄泉之路，正如俄耳甫斯本人一样，也和所有其他会死的人一样。若是他请求重新开始生命，并因此可以将他的爱人召回到尘世间，那么不必将它理解为对所有物的放弃，而是可以理解为在规定期限内借用的礼物。过了若干年或者过了数十年之后，被借用的物品将明确归还给合法的所有者。此外——他很看重这一点——他并非出于私心、恶意或者好奇才下到冥府，而不过是为爱情的缘故。
而爱情恰恰是任何一个俗世之人都无法摆脱的一种力
量，他真的相信爱情的光芒甚至有时可以深入到冥界
最幽深昏暗处。难道不是爱情的力量，让尊敬的统治
者奔向彼此吗？难道不是——倘若确如人们耳闻的那
样——哈迪斯在年轻的时候，受强烈的爱情驱使，和
他的诸神同行们一起无视这个或那个的协议，将珀尔
塞福涅占为己有，亲自将她从鲜花盛开的草地绑架至
下界的阴间吗？这一对统治者可能回想起了自己的青
春岁月，回想起了自己的爱情，然后因为爱情的缘故
给予宽大处理，把欧律狄克交还给他，若非如此，俄
耳甫斯本人也不想从那里重新回到人间，而情愿待在
死者们这里。

这一切都是在吟唱中说出的。

应该承认，俄耳甫斯的言语以令人舒心的方式有别于拿撒勒人耶稣粗鲁的命令口吻。耶稣是一个狂热的传教士，他的目的不在于说服他人，而是要求无条件地服从他。他发表的意见里充斥着命令、威胁以及那一再反复出现的不容争辩的"我实实在在地告诉你们"。那些不寄望于爱一个人，而是要爱人类并且要拯救人类的人在任何时代都是这么说的。可俄耳甫斯只爱这一个人，而且他也只想拯救她：欧律狄克。因此，他的语气更可亲，更友好，他在为自己辩解——他想要的是赢得好感和讨人喜欢。你瞧：他的讲话有了成效。掌控冥界的统治者将他的爱人还给了他——不过是在尽人皆知的条件下，即在他走向尘世的路上时，虽然她跟在他后面走，但他不能回头看她，哪怕一次也不行。

可他犯了一个错误。（拿撒勒人从不犯错。而即便在他犯下显而易见的错误的时候——类似他把一名叛徒请到了自己的队伍里——这个错误也是经过他深思熟虑的，成了救世计划的一部分。）可俄耳甫斯是一个没有超人计划和能力的人，也是一个任何时候都会犯下大错和干出可怕的傻事的那种人——这让我们又一次对他产生怜悯之心。他为自己的成功暗自狂喜——谁会为此责怪他呢？他不是取得了在他之前谁也没有取得的成功吗？让爱人死而复生。几乎。那么了不起。因为在他前面的那段路，正如他相信的那样，没有任何危险。冥府里的看门狗，或者复仇女神厄里倪厄斯，谁也没有潜伏在那里，而且他，更确切地说，他和跟在他身后的人，他们在这冥府游历，带着至高无上的许可证。那里还会发生什么事呢？不，他成功了，胜利很完美。他想。于是他满怀幸福地重新开始了歌唱，当然这一次不是哀歌，而是欢庆生命的颂歌，献给爱情，献给欧律狄克。他为自己美妙动听的歌声所陶醉，于是低估了他的行动依然存在着的危险，也许他真的无法再看到它了——因为这种危险来自他自己。

俄耳甫斯是——必须想到这一点——一位艺术家，而且和所有艺术家一样，并非没有虚荣自负的一面，或者我们可以说，并非没有对自己的艺术的自豪感。而且和许多艺术家，尤其是表演艺术家一样，他依靠的是关注他、聆听他、为他喝彩，或者至少对他做出